SOUVENIR

DE MADAME

LOUISE FOURAY DE BOISSELET,

NÉE GÉRARD,

DÉDIÉ A SES AMIES,

PAR SON MARI.

Ainsi donc passe et s'efface de dessus la terre tout ce qu'i
y a de bon, d'aimable et de sensible.

CHÊNEDOLLE

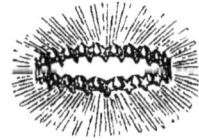

BESANÇON,

IMPRIMERIE ET LITHOGRAPHIE DE SAINTE-AGATHE AÎNÉ.

—

1850.

SOUVENIR

DE MADAME

LOUISE FOURAY DE BOISSELET,

NÉE GÉRARD,

DÉDIÉ A SES AMIES,

PAR SON MARI.

Ainsi donc passe et s'efface de dessus la terre tout ce qu'il
y a de bon, d'aimable et de sensible.

CHÊNEDOLLÉ.

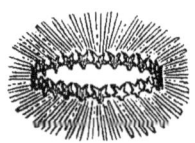

BESANÇON,

IMPRIMERIE ET LITHOGRAPHIE DE SAINTE-AGATHE AINÉ.

—

1850.

En 1829, Louise Gérard, fille d'un négociant de Besan-

çon, était âgée de vingt-un ans. Elle était belle, spirituelle,

sensible, aimante ; ces qualités promettaient un doux avenir

à celui qui lui serait uni. On me la donna. J'éprouvai le

bonheur de recevoir les premiers élans d'amour de cette douce et suave créature, qui pendant dix-neuf ans me fit bénir l'heure de notre hymen, en me prodiguant chaque jour les gages touchants des plus doux sentiments qui aient jamais pu remplir l'âme. Deux enfants furent le fruit de notre union. Ma femme me donna d'abord une fille, aimable, tendre, pieuse, vrai portrait de sa mère, adorant ses parents qui l'adoraient ; à quatorze ans, ravie sitôt à notre amour, ô ma Mathilde ! que de larmes ta perte a fait verser à ta tendre mère, dont elle a abrégé les jours, de quelles douleurs elle a accablé ton malheureux père !

Un fils nous vint ensuite. Choix de roi, disait ma chère Louise. Puisse le souvenir des vertus de sa mère, l'encourager à soutenir la vie avec honneur.

La santé de ma douce compagne, très-délicate depuis

son adolescence, s'affaiblit sensiblement après la perte de notre charmante Mathilde. La blessure avait été trop profonde, pour pouvoir jamais se cicatriser au cœur de sa mère.

Peu de temps après ce malheur, les conséquences de mon état, qui avaient souvent causé à ma femme de cruelles inquiétudes, semblèrent empirer encore par mon passage en Afrique, où son dévouement absolu la décida à me suivre. Après y avoir cruellement souffert des maladies du pays, à peine rétablie, je fus moi-même attaqué d'une fièvre pernicieuse. Cette bonne amie passa près de moi plusieurs nuits dévorée d'inquiétude. Un vieux médecin en chef, qui me soignait, vint le cinquième jour dire à cette pauvre femme : Votre mari n'a plus que deux heures à vivre !.... Ces paroles, trop hasardées sans doute, causèrent à ma

Louise une hémorragie de poitrine d'un effet bien dangereux. Malgré ses souffrances qu'elle savait me dissimuler, à force de vertu, les efforts de sa vive tendresse, ses ardentes prières sans doute, parvinrent à me sauver des portes de la mort.

Après des secousses successives et violentes, l'âme ardente de mon amie usait sa frêle enveloppe, sa poitrine s'attaquait. Rentrés en France, nous passâmes les trois dernières années de sa vie dans le midi, à Bayonne et à Montpellier.

Avec son imagination vive comme la flamme, son cœur pur comme le feu, une brillante amabilité, une charité sans bornes et une douceur angélique, ma femme fut aimée, accueillie, fêtée des nombreuses amies qu'elle se faisait en tout lieu. Elle fut recherchée dans les sociétés, où l'on se félicitait de la posséder, heureuse quelques instants, si elle avait pu l'être au milieu de ses souffrances, en proie au regret incessant de la perte de sa fille chérie ! Après des alternatives de mieux et de mal, ma Louise devint sérieusement souffrante vers la fin de 1847. La médecine consultée à Montpellier n'eut plus à prononcer que de vaines paroles, qui devaient assez me faire présager l'imminence du malheur qui me menaçait, malheur si affreux que je ne pouvais y croire, ni en envisager les suites.

Le 18 février au matin, ma pauvre amie, qui changeait considérablement depuis deux mois, ouvrit son piano en disant : Je veux te jouer encore l'air que tu aimes. Ses doigts affaiblis errèrent un instant sur les touches d'ivoire, puis elle ajouta bientôt : C'est singulier, comme je me fatigue vite ! Elle ferma une dernière fois l'instrument dont elle tirait des sons si touchants, et se plaignant d'un grand

mal de tête, elle se mit au lit dont elle ne devait plus

se relever.

Pendant sa vie entière, ma bien-aimée avait été une

image incarnée de l'esprit du catholicisme, dans toute sa

candeur, dans toute sa vérité. Deux jours après s'être alitée,

ayant demandé ses derniers sacrements, elle les reçut avec

cette foi vive qui l'avait soutenue dans ses chagrins, au

milieu de ses amies en larmes, dans les bras de son mari

éploré. Elle bénit son fils, fit un adieu touchant à sa bonne

mère, pardonna à ses ennemis, puis elle ne se préocupa,

tant qu'elle eut quelques idées lucides, que de mon avenir

et de celui de son fils. Une congestion au cerveau, cause

de cruelles douleurs, une violente fièvre nerveuse, la je-

tèrent dans le délire au bout de quelques jours. Elle ne

parla plus que de sa fille, et de ses amies qu'elle croyait revoir auprès d'elle. Après dix-sept nuits passées à son chevet, le 4 mars (1), fatale journée! à cinq heures du matin, ma bonne compagne expira dans mes bras crispés de désespoir!

> Et je me dis : Mon Dieu ! je n'avais qu'elle !
> Tous mes amours étaient noyés dans cet amour ;
> Elle avait remplacé ceux que la mort retranche ;
> C'était l'unique fruit demeuré sur la branche,
>   Après les vents des mauvais jours.
>
> LAMART.

Je rèvetis ma douce amie d'une parure blanche, et le jour même où dix-neuf ans auparavant je la conduisais à l'autel, le pareil jour où elle accueillait les félicitations de ses jeunes compagnes, elle reçut le témoignage des regrets,

(1) 1848.

les adieux de ses nombreux amis, les derniers baisers de son époux ! Ses traits reflétaient encore le calme de son âme ; pendant cinquante-deux heures je les arrosai de mes larmes brûlantes ! Le moment d'une séparation déchirante arriva. Je remplis l'affreux devoir de déposer des restes chéris et glacés dans le cercueil. On me traîna ensuite à des obsèques pompeuses, où la tristesse du cortége et ma douleur angoissée furent, pour la malheureuse Louise, une éloquente oraison funèbre !....

J'avais de ce moment commencé une insupportable existence : mes tristes jours s'écoulaient sans repos et mes nuits sans sommeil. Quand j'entendis parler de départ, mon imagination s'exalta à l'idée insupportable, impie, d'abandonner des restes encore brûlants pour moi, la tombe où chaque jour j'allais déposer le tribut de ma douleur. Je fus donc bientôt arracher mon trésor à la terre.

Un soir je l'emportai furtivement, en passant près du lieu
solitaire où avait été déposée Narcisse, ensevelie dans les
larmes de son malheureux père (1)!

Pendant quatre mois, renfermé avec la bière de mon
infortunée amie, je la couvris de pleurs, de soupirs et de
regrets. Par des considérations de famille, je fus contraint
d'abandonner de nouveau les précieux restes de la bonne
fille, de la bonne mère, que j'envoyai reposer comme elle
l'avait désiré, près de son père et de sa fille. Je devais
bientôt m'en rapprocher moi-même. Incapable de m'occu-
per désormais d'un état, je quittai le mien pour venir me

(1) En 1741, le docteur Young fut obligé d'enterrer lui-même nui-
tamment sa fille, dans un bosquet du jardin des plantes, à Montpellier.
Un Anglais lui a depuis fait élever un petit monument avec cette simple
épitaphe : — TOMBEAU DE NARCISSE.

reléguer dans une solitude, d'où je puis déposer des couronnes sur sa nouvelle tombe, et gémir sur mon irréparable malheur !

L'amabilité expansive de ma douce compagne, l'extrême sensibilité de son cœur, se dénotaient dans toutes ses paroles, dans son regard, dans la moindre de ses manières, et jusque dans les inflexions de sa voix. Dès la première vue, elle causait une impression profonde sur les personnes capables de comprendre ses rares qualités. Aussi les poëtes qu'elle rencontra dans sa vie ne négligèrent-ils pas de lui témoigner leur sympathie, en lui laissant des souvenirs de leurs œuvres, dont j'ai gardé quelques-uns. Si insonore qu'elle soit dans les temps heureux, la lyre du cœur conserve toujours une corde tendue, qui sait vibrer d'un son strident au souffle de l'adversité. Pendant mes longues nuits d'angoisses, j'ai laissé moi-même déborder des flots d'amertume qui me submergent, quelques vers pleins de soupirs et de désespoir, dernier fruit d'une âme flétrie, dernière expression de douleur échappée d'un sein où elle doit désormais rester enfermée pour toujours !

En dédiant ces diverses poésies aux amies de ma Louise, mon désir a été d'éveiller encore en elles un souvenir sympathique à la mémoire de la meilleure des femmes. Je me suis aussi proposé pour but de leur donner un témoignage de la profonde et vive reconnaissance que je leur conserve, pour l'attachement qu'elles ont porté à une personne qui possédait éminemment des vertus si pures, si touchantes et si modestes.

Puissent-elles recevoir avec bienveillance cet hommage

de mes sentiments, et le considérer uniquement sous le rapport de l'intérêt que j'y attache.

Quant à moi, après avoir vécu dix-neuf ans pour et par la charmante créature qui s'était associée à mon sort, après avoir goûté les vraies joies perdues pour jamais, j'ai éprouvé des déceptions jusque dans les amitiés les plus vulgaires ; quel intérêt puis–je désormais trouver dans la vie ? quel rôle peut me rattacher à une existence que je subis comme un supplice ? Aucun. Chercher la solitude, m'envelopper de regrets comme d'un crêpe funèbre, accomplir quelques devoirs, voilà ma seule pensée. Rejoindre celle que je n'ai pu conserver, celle qui était mon univers de bonheur, voilà mes seuls vœux, mon unique désir.

Fidèle au culte du souvenir, dévoré de chagrin et d'ennuis, je vis seul, ignoré, oublié ; un jour plus tôt, un jour

plus tard qu'importe, à la fin de la vie, si près de l'éternel

oubli !

LE BAL.

***

Elle chantait, la jeune femme,

La pauvre Louise aux noirs cheveux,

Et sa voix venait à mon âme,

Comme la voix qui chante aux cieux !

Et ce soir, on dansait; scintillant de lumière,

Le salon rejetait les brillants de ses feux

Au front du pauvre enfant, qui glacé, sur la pierre,

Tout bas disait : Ayez pitié du malheureux.

Ce soir que l'on dansait, j'aperçus une femme

Qui jetait au piano des accords enchanteurs,

 Des chants aussi purs que son cœur ;

Et le chant revenait harmonieux à mon âme,

Alors que l'on dansait, tout couronné de fleurs,

 Comme l'écho de la douleur !

« Je chante, disait-elle, et je n'ai plus de père !

» Je chante, malheureuse, et c'est l'anniversaire

 » Du jour où je l'ai vu partir,

 » Hélas ! pour ne plus revenir.

» Dansez, dansez, heureux du monde,

» Oubliez que la terre abonde

» En larmes, en amères douleurs,

» Dansez, dansez, heureux du monde,

» En douleur la terre est féconde

» Dansez, couronnez-vous de fleurs.

» Hélas ! il m'en souvient, sur son lit de souffrance,

» Longtemps il combattit, sans aucune espérance,

» Contre le mal affreux qui dévorait son cœur.

» Hélas ! il m'en souvient, vaincu par la douleur,

» Il évoquait la mort, comme une fiancée

» Appelle à son matin l'époux de sa pensée,

» Comme le matelot invoque sur le soir

» L'aurore d'un beau jour, quand le ciel est tout noir.

» Et la mort en linceul, couverte de poussière,

2

» Et la hideuse mort, du pied frappant la terre,

» Avec un râle affreux, découvrit le tombeau,

» Qui renferma mon père, auprès de mon berceau.

    » Je chante et je n'ai plus de père,

    » Aujourd'hui c'est l'anniversaire

    » Du jour où je l'ai vu partir

    » Hélas ! pour ne plus revenir.

» Et depuis, que de fois, sur le bord de la tombe,

» Avide je cherchais un triste souvenir !

» Que de fois j'ai gémi, quand la feuille qui tombe,

» Me disait, frémissante : Un homme va mourir !

» Que de fois, rejetant mes regards en arrière,

» Je rappelais vers moi ces jours trop tôt passés,

» Ces jours où je pleurais, sur le sein d'une mère,

» Des chagrins, jeux d'enfant, que j'avais traversés !

» Et depuis, que de fois, au milieu d'une fête,

» Heureuse, où je croyais ne trouver que des fleurs,

» Des parfums et des chants, j'ai dû courber la tête,

» Pour voiler aux regards la trace de mes pleurs !

    » Dansez, dansez, heureux du monde,

    » Oubliez que la terre abonde

    » En larmes, en amères douleurs,

    » Dansez, dansez, heureux du monde,

    » En douleurs la terre est féconde

    » Dansez, couronnez-vous de fleurs.

» Dansez, entendez-vous cette valse brillante,

» Que j'arrache à mes doigts, vibrante au clavecin?

» L'entendez-vous, amis? elle est belle, enivrante,

» C'est un accent de deuil qui vibre dans mon sein.

» Dansez, enlacez-vous, allez former des chaînes,

» Tracez sur le parquet des signes de bonheur,

» Evitez, s'il se peut, les chagrins et les peines,

» Dansez, car c'est demain que viendra le malheur ;

» Dansez, il en est temps, la nuit couvre la terre ;

» Ecoutez le signal d'un galop éclatant.

» Le galop est fini, je vais pleurer mon père,

» Si vous saviez, mon père, je l'aimais tant !...

———

Et ce soir, on dansait ; scintillant de lumière,

Le salon rejetait les brillants de ses feux,

Au front du pauvre enfant, qui glacé, sur la pierre,

Tout bas disait : Ayez pitié du malheureux.

Elle chantait, la jeune femme,

La pauvre Louise aux noirs cheveux,

Et sa voix venait à mon âme,

Comme la voix qui chante aux cieux.

HISTORIQUE.— Une soirée chez Mᵐᵉ Lecourt,
par Alphonse BALLEYDIER, auteur de l'histoire de Lyon, de
Rome et Pie IX, etc.

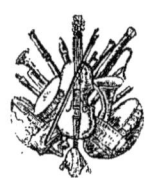

Au ciel elle a rendu sa vie,

Et doucement s'est endormie

Sans murmurer contre ses lois.

Ainsi le sourire s'efface,

Ainsi meurt, sans laisser de trace,

Le chant d'un oiseau dans les bois.

PARNY.

Consolation à une Mère.

A vous mes pleurs, madame, à vous, douce victime

Des souffrances d'un tendre cœur !

Je gémis par vos maux, je descends dans l'abîme

De votre indicible douleur.

Oui, je pleure avec vous la vierge tant aimée,

Cet ineffable objet, d'un ineffable amour!

Rayon dont votre vie au printemps fut charmée,

Matin qui promettait l'éclat d'un si beau jour!

Mais pareille à l'oiseau, dont la voix matinale

    Se tait quand l'air est attiédi,

Ainsi la jeune enfant, colombe virginale,

    Se tait longtemps avant midi.

Eh! qu'eût-elle trouvé, dans cette vie amère,

Où le bonheur n'est pas, où tout espoir est vain,

Où souvent un plaisir, une joie éphémère,

Sont suivis d'amertume et de regrets sans fin?...

Peut-être avant le soir, sa brillante existence,

Hélas! se fût ternie au souffle du malheur;

Peut-être avant le soir, sa dernière espérance

L'eût laissée au chemin, seule avec la douleur !

Car cette âme ici-bas eût vécu solitaire,

Car ce cœur n'eût jamais trouvé de cœur pareil,

Fleur céleste ! exilée un instant sur la terre,

Elle se flétrissait loin du divin soleil !

Et nous pleurons toujours cette rose charmante !

N'est-elle donc pour nous qu'un amer souvenir,

Qu'un regret du passé ?... Une foi consolante

    Nous la montre dans l'avenir....

Oh ! ne la cherchez plus, dans la froide poussière ;

Cette vierge au front pur, objet si gracieux,

Sur les ailes de feu de l'ardente prière,

Comme l'encens du temple est remontée aux cieux !

Par Mlle Frédéric JACQUES.

ADIEUX

DU COMTE DE BOISMARMIN A Mme LOUISE.

⁂

Que ne puis-je, madame, en quittant ces rivages,

Emporter de leur bord le consolant espoir,

Qu'en suivant votre ERNEST, un jour, sur quelque plage,

Peut-être pas trop loin de mon humble manoir,

Vous montrerez soudain vos riantes images,

A mes yeux attendris, charmés de vous revoir!

J'emporte, en attendant, vos traits dans ma mémoire ;

Ces traits si gracieux, ce regard doux et fin,

Qui d'un front élevé vient rehausser la gloire,

Et d'un cœur chaste et pur, fait pour l'amour divin,

Sur d'autres cœurs amis consacre la victoire,

Tout comme le feraient les yeux d'un séraphin.

A ce charmant regard je veux vous reconnaître,

Quelque soient désormais les injures des ans,

Et fussiez-vous changée autant que l'on peut l'être,

Par les coups redoublés et du sort et du temps,

Il me suffira seul, pour vous faire renaître,

Avec vos noirs cheveux et votre doux printemps ;

Car ce qui charme ailleurs, dans les traits d'une femme,

A bientôt disparu comme une fleur d'été ;

Mais c'est bien dans ses yeux que réside son âme,

C'est là qu'il faut chercher sa native beauté,

Sa douceur, son amour, sa candeur ou sa flamme,

Tout ce qui vit en nous pour l'immortalité.

Si de l'être réel, apparence grossière,

Le corps le rend très-mal, à l'œil rien qu'un peu mieux,

Des pudiques vertus la suave lumière,

Sous ce corps si chétif, en forme un glorieux,

Et quand l'un se détruit et retombe en poussière,

L'autre, enfin dégagé, brillant s'élance aux cieux.

C'est le second des deux que j'aime en vous, madame ;

Plus il me paraît beau, plus j'éprouve d'amour;

Mais il n'est point d'ami qui l'emporte en mon âme

Sur mon divin Jésus, et la Vierge à son tour

Apparaît en mon cœur, plus que toute autre femme ;

Je crois donc vous aimer comme au divin séjour.

Montpellier, mai 1847.

Eccè nunc in pulvere dormiam : et si manè me
quæsieris, Domine, non subsistam.

JOB.

Plaise à Dieu que je dorme aussi bientôt dans la
poussière, et que je ne subsiste plus quand son soleil
viendra le matin pour me ranimer.

PRIÈRE

A ma douce compagne.

❧❦❧

Quand ton dernier soupir, tout prêt à s'exhaler,

De ton céleste amour paraissait me parler,

Quand ton dernier souris jeta dans ma pensée,

L'espérance qu'aux cieux tu serais couronnée,

Ce fut ton ferme espoir, triomphant de la mort,

Qui de tes longs regrets sembla calmer l'essor ;

Ce fut le souvenir d'une vie pure et sainte,

S'éteignant en ton Dieu, sans soupir et sans plainte,

Qui adoucit en toi, lorsque tu me quittas,

L'angoisse de tes maux, les douleurs du trépas !

Si ta belle âme au ciel, après ton agonie,

Dans sa douce pitié, reste encor mon amie,

Ah ! protége ma course, aujourd'hui sans dessein,

.   .   .   .

.   .   .   .

Elève ma pensée, en épurant mon sein ;

Accorde-moi la paix, la candeur de ton âme,

Pieuse, résignée, exempte de tout blâme,

Fais en moi découler les vertus de ton cœur,

La force que tu sus garder dans la douleur,

Afin de supporter dans un calme modeste,

Et les coups du destin et sa rigueur funeste !

Imit. de l'angl.

RÉPONSE DE MA LOUISE,

Par sa belle-mère, âgée de 84 ans.

⬥

Dans ce beau ciel, où ton espoir me place,

O mon Ernest, toi que j'ai tant aimé !

Où de mon Dieu je sollicite grâce,

Pour dire enfin : Mon amour l'a sauvé !

Oui, nous nous reverrons, garde cette espérance,

Qu'en mourant je voulais te laisser dans le cœur ;

Mais pour y parvenir, conserve ta croyance,

Sers mon Dieu, qui lui seul peut faire ton bonheur ;

Ce qu'on a fait pour lui, est tout ce qui nous reste

D'un long rêve d'amour et d'un tissu d'erreur !

Mais surtout défends-toi d'un désespoir funeste,

Ranime ton courage et combats le malheur ;

Souffre, Dieu l'a voulu ; souffrir est notre vie,

Aime à jamais celui par qui tu renaîtras,

Et lorsque, prosterné, tu pries pour ton amie,

Crois qu'au ciel, au bonheur bientôt tu revivras !

Sa voix était l'écho de vingt ans de bonheur ;

Son pas dans la maison remplissait l'air de charmes ;

Son regard à mes yeux faisait monter les larmes.

Son sourire éclairait mon cœur.

Lamart.

ERNEST A LOUISE.

Laisse-moi tes yeux,

Qui m'allaient à l'âme,

Tes yeux dont la flamme

Fut ravie aux cieux !

De leur feu pieux,

Où l'ange s'enflamme,

Verse—moi, chère âme,

L'éclat précieux.

Verse, verse encore,

Mes seules amours,

A mes pâles jours,

Ta voix si sonore ;

Brillant météore,

Verse—moi toujours

Son puissant velours,

Du soir à l'aurore.

Donne, donne-moi,

Donne à ma souffrance

La sainte espérance

D'un mot de ta foi !....

Car pour moi, sans toi,

Plus n'est d'existence,

Lorsque ta présence

Etait tout pour moi.

Mais, que dis-je, hélas !

Tu fuis, femme aimée,

La terre embaumée

Où tu me brillas !....

Et loin de tes bras,

Mon âme alarmée,

N'attend, bien-aimée,

Plus que le trépas.

Oui, si mon cœur tombe

Sous mon triste effort,

Oh! que je retombe

Aux bras de la mort!

Va, c'est un sûr port,

Vois-tu, que la tombe,

Quand l'âme succombe

Sous les coups du sort!

Vainement ma lyre voudrait répéter de frais accords, le sourire que la douleur veut feindre n'est
qu'une ironie pour le cœur désolé.

Lord BYRON.

Tu es heureuse, Maria, et je sens que je devrais
l'être aussi.

Lord BYRON.

CONSOLATION.

Oh ! qui le comprendra, ce cœur tant désolé ?

Qui verra dans mon sein les flots de mon martyre ?

Quelle âme, interrogeant mon si pâle sourire,

Saura lire l'angoisse de mon regard voilé ?

4

Seul encor de mes maux j'ai sondé le mystère,

Mais mon rire sans joie éveille la douleur,

Et ma molle parole, arrivant sans chaleur,

Annonce que pour moi *tout est mort* sur la terre !

Mon silence.... qu'il est énergique et pieux !

Combien la gravité sur mon front répandue

Dit le muet chagrin de mon âme éperdue,

S'exhalant en soupirs, seuls entendus des cieux !

Je souris sans attrait au soleil qui me brille,

Sans charme je m'endors, m'éveille le matin ;

D'un pas insoucieux marchant à mon destin,

Je ne sais tressaillir qu'aux noms *épouse et fille !*

Je lève sans vigueur à Dieu mes yeux distraits;

Je voudrais l'implorer, mais, tôt découragée,

J'abaisse sur le sol, ma pupille affligée,

Et je semble évoquer d'ineffaçables traits.

Insensé que je suis!... Ah! paix à sa poussière,

Son âme, mon trésor, a vaincu le trépas,

Des cieux qu'il a conquis, l'ange encor pas à pas

Reviendra diriger ma pénible carrière.

Quand je prie, ah! qu'il soit à genoux près de moi!

Si je dors, doucement qu'il me berce en ma couche!

Quand je gémis, qu'il vienne et place sur ma bouche

Ces mots : *Fiat*, Seigneur! toujours gloire à ta loi !

Moi que l'on vit jadis savourer d'heureux jours,

Dont l'âme dans la joie, animée, palpitante,

Avant que sous la peine à son tour haletante,

Elle ne vît bien loin s'envoler les amours,

Oui, je lève mon front et vois *Louise* heureuse,

M'attendant prosternée, au parvis de Sion,

De mes pleurs tant amers, ma résignation,

Me faire une auréole à jamais radieuse.

Je l'entends qui me crie, « O toi que je chéris,

» Que j'aime à tout jamais, d'une ardeur tutélaire!

» Chaque jour offre-moi, comme sainte prière,

» Cet amour que de moi tu transmets à ton fils!...

» Parle-lui de sa mère, et sous mon aile agile,

» Voilà, fendant l'éther, que je suis près de vous ;

» Mais si tu veux revoir, Ernest, mes yeux si doux,

» En ceux de mon enfant est leur terrestre asile. »

Ravi en songe, aux cieux *Louise* m'apparut,

Se voilant de son aile, et siégeant sur un trône ;

Là des mains de son Dieu, recevant sa couronne,

Elle entonnait : *Amour, hosanna, foi, salut ! !*

Emportée à sa joie, à sa sainte victoire,

Pour le mieux exalter, se prostrant tout amour,

Aux pieds du Roi des rois, elle offrait tour-à-tour

Mes larmes, mes soupirs, sa couronne et sa gloire,

Et du ciel un instant cessèrent les transports,

Pour célébrer Louise, en un nouveau cantique.

Sur sa venue aux cieux... puis du chœur séraphique

Bien plus mélodieux reprirent les accords.

Et se dressant, les reins drapés de purs symboles,

Elle s'élance alors d'un zèle plus nouveau,

Et porte aux séraphins, de la part de l'agneau,

En message d'amour, d'ineffables paroles.

Tout à coup, m'éveillant, la vision s'enfuit :

Mais une voix ambrée, attestant son passage,

Me dit : « Ah ! pauvre époux, raffermis ton courage,

» Et crois qu'à ton chevet elle sera la nuit. »

Quand elle s'est lassée, la fleur s'est penchée sur sa tige; l'étoile fatiguée repose sur un nuage; mais mon cœur hors d'haleine n'a plus pour s'appuyer ni nuage ni tige.

Ed. QUINET.

L'ÉTOILE QUE J'AIME.

Quand l'étoile que j'aime, au sein de l'empirée,

Semble offrir à mon cœur une heure vénérée,

Songe qu'en mon exil, moi, tout comme autrefois,

En elle je t'aime et te vois !

Si l'étoile que j'aime en moi fait naître encore

Le désir de pouvoir te dire : Je t'adore !

A l'instant où ma voix le lui murmurera,

  Là haut, ton âme m'entendra.

Si l'étoile que j'aime, empruntant tous tes charmes,

A ton doux souvenir me fait couler des larmes,

Sûr que jamais le temps ne t'a pâli ma foi,

  Sèche mes pleurs, console-moi !

Alors qu'à son briller contant ta dure absence,

Ma voix de larmes seule éveille le silence,

Souviens-toi que la mort, enfin pour nous unir,

  A moi bientôt s'en va venir.

Qu'il doit être brillant ton *nimbe*, et scintillante

L'auréole qu'aux cieux reçut ta foi touchante!

ALBERT A SON BON ANGE.

Prière.

Sans doute qu'ayant ceint dans les cieux ta couronne,

De ton fils tu vas être et l'ange et la patronne ;

Le gardien que j'eus en partage en naissant,

A compris le désir de ton amour puissant,

Et te cédant la place, ô ma mère chérie,

Il s'en va me veiller des genoux de Marie !

Puisqu'il en est ainsi, ma sainte ! guide-moi

En ma pénible vie et surtout dans la foi !

Que les feux amoureux de ta noire pupille

Soient ma constante égide, et tes yeux mon asile ;

Que la nuit doucement, lorsque les miens sont clos,

Ta maternelle amour me verse un doux repos ;

Que ton nom buriné dans le fond de mon âme,

De vertu, de courage à toute heure m'enflamme ;

Que jamais devant toi, marchant d'un pas égal,

Il ne s'éveille en moi nul penchant pour le mal !

Et si les passions, corrodant la jeunesse,

Te voulaient profaner l'enfant de ta caresse,

Que ton nom bien-aimé, magique talisman,

Les transforme en mon âme en vertueux élan !

Conduis-moi par la main, moi si près de l'enfance,

Vois-moi, timide fleur, vouée à la souffrance,

M'étioler, hélas ! au contact du malheur.

De mon père adoré calme aussi la douleur :

Afin que, m'avivant à sa brûlante flamme,

Je savoure à mon tour les baisers d'une femme ;

Car, il est, me dit-on, bien beau, le temps d'aimer !

Ah ! pourrais-je jamais parvenir à charmer,

Si ma jeune saison, trop soumise à l'orage,

D'un radieux soleil n'éclaire mon visage?

Oh ! garde, garde-moi, donne-moi d'heureux jours,

Bon ange ! et ton Albert te bénira toujours !

De ton bonheur passé, j'ai gardé la mémoire,

Et combien j'aimerais, mère, pour moi d'y croire !

Par tes soins qu'à mon tour je sois bon père, époux.

Je ne sais, mais je sens que ces titres sont doux.

De mon père, des cieux, sèche les flots de larmes,

Qui versent en mon sein tant d'amères alarmes,

Et, me glaçant le cœur, s'en viennent m'ébranler,

Au point que dans ses bras je me sens tout trembler.

Se fiant à mon âge, à mon insouciance,

Il croit que, me livrant à la seule science,

Je ne vois ni comprends son destin rigoureux,

Quand, faible enfant, je suis plus que lui malheureux !

De ta si pure ardeur, en ses yeux mets l'empreinte,

Qu'il m'étouffe aux élans d'une mystique étreinte.

Bon ange, à deux genoux j'ose ici t'en prier,

Que je n'entende plus son désespoir crier !...

Ne laisse dans son cœur que la mélancolie

De ton doux souvenir ! que jamais il n'oublie

Qu'à lui tu me léguas, moi son fils, ton trésor,

Pour qu'en cette vallée, en guidant mon essor,

Il pût, en m'enseignant les nobles droits de l'homme,

Me dire avec orgueil : D'Albert j'ai fait un homme !

Tout le cortége remarqua avec une vive émotion, sur le cercueil de madame Louise, deux palmes en croix, symbole des deux sentiments dont elle avait succombé victime : l'amour conjugal et l'amour maternel !

Lacrymis meis stratum meum rigabam, et potum cum fletu miscebam !

Psaume.

Chaque jour j'arrose ma couche de mes larmes, et je mêle mes pleurs au breuvage dont je me désaltère.

AU CERCUEIL DE LOUISE.

STANCES.

✥

Objet cher et sacré ! versant quelque douceur

Sur des maux qui venaient, telle une active flamme,

Loin d'elle m'envahir et me corroder l'âme,

Salut ! toi me gardant une épouse et son cœur !

Je sentais s'exhaler le souffle de ma vie,

Alors que je savais dans le champ du repos,

Se dissolvant, hélas ! par les lois d'Atropos,

Ta dépouille mortelle, à moi trop tôt ravie !

Mais je t'ai reconquise, et moins désespéré,

Doux trésor ! sur lequel, chaque jour, à toute heure,

J'aime à fixer ma vue et près de qui je pleure,

Je savoure à genoux ton aspect vénéré.

Que bénies à jamais soient et l'heure et l'aurore,

Où la tombe qui dut t'arracher à ma foi,

Compatissante enfin, se rouvrit devant moi,

Pour rendre à ma douleur *ta cendre tiède encore !*

Je n'espérais, Louise, un jour te retrouver

Qu'au parvis de Sion, noble, joyeuse et forte,

Et le tombeau te rend à moi, morte, oh ! bien morte.

Et tes yeux ne devront plus sur moi se lever !

Et bien ! n'importe, ah ! oui, je t'aime ainsi, *Louise,*

Ce qui reste de toi sans mouvement, glacé,

Ton sein à mes regards qui n'est plus oppressé,

Tes yeux où vainement à lire je m'épuise,

Ces yeux, pour ton époux fermés à tout jamais,

Me sont plus chers, vois—tu, que la mystique flamme,

Dont rayonna pour moi ta pupille de femme,

Oui, mille fois plus chers, Louise, désormais,

Plus chers que ta beauté, si pure, à la journée

Où, m'attachant à toi d'une chaîne de fleurs,

Aux flots de ton amour je vis couler mes pleurs,

Ensemble bénissant l'heureux joug d'hyménée !

Ce qui me fait n'oser te serrer dans mes bras,

Ce n'est point la terreur de la mort qui t'enlace,

Mais la pudeur encor, qui, divine, se place

Sur ta tombe entre nous, me soupirant un glas !

Ah ! si je le pouvais, te presser, femme aimée,

Sur ce cœur tout de lave, et seul battant pour toi,

A son ardent foyer, ma chérie, va, crois-moi,

Je verrais se dresser ta forme bien-aimée.

Et broyé dans l'instant, à mon souffle d'amour,

Le repoussant du pied, ce plomb, vile poussière,

Je pourrais m'enivrer sous ta chaste paupière,

Des feux de ton regard, éteints là sans retour !

Mais va, je t'aime ainsi, comme autrefois vivante,

Ma parole jamais, tu le sais, n'a menti,

Et courbant devant toi mon front anéanti,

Je verse avec respect une larme brûlante.

Vous donc, restes chéris, restes inanimés,

Recevez mes soupirs, tout le sang de mes veines,

Mon passé, mon présent, l'avenir, joie et peine,

Vous ! restes purs objets pour mon âme abîmée !

Je me réveille; où suis-je? est-ce bien un visage

humain qui regarde le mien?

VISION.

⚜

Je sortais d'adorer au temple l'Eternel,

Lorsqu'une vision, délirante magie,

Vint se manifester à mon âme ravie,

Eblouie à l'éclat de son nimbe immortel.

Une douce sylphide, un bien gracieux être,

Ombre frêle de femme, agile, aérienne,

Me sembla tout à coup être ma gardienne,

Qui du ciel, une fois, s'en venait m'apparaître.

C'était ton souvenir en mon cœur éperdu,

C'était ma bien-aimée, toi l'une des archanges,

Qui voulus délaisser quelque temps tes phalanges,

Pour venir ranimer mon cœur tant abattu !

Moi, je ne te vois plus, mais parfois l'aquilon

En son langage crie Louise ! à mon oreille,

Et ton pouvoir est tel, qu'alors que je sommeille,

Ma bouche, à mon insu, me murmure ton nom.

Toi qu'en tous lieux j'aimais, que partout je retrouve,

En chaque astre chéri, en tout objet parfait,

Je médite sans cesse au bien que tu as fait,

Et je te crois présente aux douleurs que j'éprouve.

N'es-tu point, par hasard, la vapeur qui se dore,

Diaphane aux rayons matineux du soleil ?

Ou même quelquefois l'ange aimé du sommeil,

Qui s'éclipse, s'envole au lever de l'aurore ?

N'es-tu pas dans la fleur, embaumant le matin,

Ou l'ange de ces lieux protecteur invisible ,

Qui me rendit, hier, ta présence sensible,

Pour venir un instant me dorer mon destin ?

Ou peut-être en la fleur, qu'aux monts ou dans la plaine,

Fleur de mai, l'on dédie à la Reine des cieux?

Car, comme elle, ton être était doux, gracieux,

Et mieux que son parfum était ta douce haleine.

Qui sait? serais-tu pas en l'astre que le soir

Je contemple à loisir, d'un regard de caresse,

Vers lequel monte aux cieux mes regards de tendresse,

Et que Dieu fit briller pour tenter notre espoir.

Eh bien! salut à toi, image vaccillante!

Oui, de tes longs regards, au moins d'un de tes jets,

Ah! daigne m'inonder de tes chastes reflets,

Pour activer en moi mon âme languissante.

Que les maux maintenant m'immergent de leurs flots,

De ton regard si pur le souvenir m'inonde,

Et lui seul me flamboie, m'éclaire dans ce monde,

Que mon œil rie au jour, ou la nuit qu'il soit clos.

Oh ! va, qui que tu sois, douce élue, même archange,

J'aimerai tous les jours à t'offrir mon encens ;

Ne t'effarouche pas de mes rauques accents,

De l'élan trop ardent de ma parole étrange.

Oui, quel que soit le lieu que tu te choisiras,

Loin de la terre, hélas ! par moi tant exécrée,

Je croirai que mon Dieu, las de son empyrée,

Y plaça ses trésors, car tu l'habiteras....

Et triste, cheminant, au déclin de mon âge,

Les cieux que j'envîrai seront ton seul regard,

Qui tout-puissant saura me percer le brouillard,

Me voilant du Seigneur la ravissante image.

LOUISE !

D'un nom mélodieux on l'avait baptisée !

TON NOM.

Je soupire ton nom, chaque fois que ma bouche

S'entr'ouvre à ma parole, et sur ma triste couche,

Seul, j'y rêve encor.

Il m'arrive le soir, au fraîchir de la brise,

Et mes yeux le croient lire en la moindre devise,

Ecrit en lettres d'or !

Si, triste comme moi, se forme au loin l'orage,

S'il vient en sa douleur faire mugir la plage,

Sous l'écume des flots,

J'entends alors la vague, au sein de la tourmente,

Mille fois répéter de sa voix somnolente,

Ton *nom* aux matelots.

Je l'entendis hier en la dure tempête,

En la pluie battante arrivant sur ma tête,

Et je ne fuyais pas,

Car l'eau m'enveloppant de sa douce magie,

Du vibrer de ton nom il me semblait, ma vie,

Sommeiller dans tes bras !

Oui, ton *nom* me poursuit, caressant et suave,

Sous ton feu magnétique il me tient en esclave ;

Tes fers étaient si doux !....

Il reçoit mon encens, jour à jour je l'adore,

Et devant son autel, de l'une à l'autre aurore,

Il me voit à genoux.

Au sommeil quand je crois clore enfin ma paupière,

Ton *nom* vient tout à coup, éclatant de lumière,

M'arracher un adieu ;

Et quand vingt fois ma bouche entonne : *Au nom du Père!*

Ton nom vient sur ma lèvre arrêter la prière,

Qu'au soir j'adresse à Dieu.

Au nom du Père. — Ciel! ah! trop loin de ce monde,

Elle ne peut m'entendre, et ne peut me répondre,

Apercevoir mes pleurs.

Cependant, ô mon Dieu! si, rien que pour une heure,

Je pouvais en nos champs, humant le vent qui pleure,

La couronner de fleurs !

. . . .

Tu le vois, ton *nom* seul tient mon âme asservie ;

Tout me parle de lui, toi seule était ma vie,

Mon bonheur, mon amour.

Des élans de ton cœur, de ta douce tendresse,

Ah ! que je puisse au moins me rappeler l'ivresse,

Jusqu'à mon dernier jour.

Après l'heure suprême où sous ton mausolée,

Ma poussière à la tienne enfin sera mêlée,

Dans notre hymen divin,

Pour prononcer ton *nom*, perçant la froide dalle,

Mon ombre reviendra le dire d'un ton mâle,

Aux échos du matin.

Desperavi, nequaquàm ultrà jàm vivam, nihil enim sunt dies mei.

JOB.

Je me désespère, et crains de vivre quelques jours de plus. Epargnez-les-moi, mon Dieu, ces jours de douleur !

Adieu

A DES RESTES CHÉRIS.

⸎

Il le faut donc encor, te perdre, ô mon amie !

Quoi ! rendus à mes pleurs, à la terre arrachés,

Tes restes purs et saints y seront replongés ;

Contre tant d'abandon, ais-je l'âme affermie ?

Vous ! si tièdes encor, et divins et sacrés,

Vous seuls, doux aliment à ma douleur amère,

Vous, uniques témoins de mon veuvage austère,

Et d'un bonheur perdu gages seuls adorés.

Près de vous nuit et jour, comme une lampe ardente,

Incessamment je veille, je soupire toujours,

Et les flots de mes pleurs, ne cessant pas leur cours,

Ne peuvent amortir mon âme trop brûlante.

Immobile et voilé des plis d'un blanc linceul,

La nuit, désespéré, rêvant ta voix sonore,

J'écoute si pour moi *ton cœur tressaille encore*

Comme un marbre animé, penché sur ton cercueil.

Adieu ! n'accuse pas d'oubli, d'indifférence,

Du haut des cieux, Louise, un époux accablé,

Car sans toi sur la terre, il erre en exilé,

Et ton pieux amour fait sa seule existence !

En un moment fatal d'angoisse et de douleur,

Je vis fermer ta tombe, et te criai : Chérie !

Va, pour moi, *plus n'est rien, non rien dans cette vie;*

Puisqu'au ciel avec toi s'envole mon bonheur !

Oh ! oui, tout mon bonheur ! en leur haine assouvies,

Les Parques lentement, depuis ce jour affreux,

N'ont cessé de me faire, hélas ! bien malheureux,

Abhorrer et le jour, et ma trop longue vie !

Mais, adieu ! sous la tombe, ils seront replacés,

Tes restes adorés. Ah ! dois-je ici m'en plaindre,

Puisqu'à mon tour, demain, peut-être irai-je joindre

Ton funeste hameau, près de tes os glacés !!....

Je ne suis plus que soupir et rêve ; ma vie s'est

usée, et mon âme est restée au milieu de sa tâche

d'amour.

Ed. Quinet.

Souvenir et Rêve.

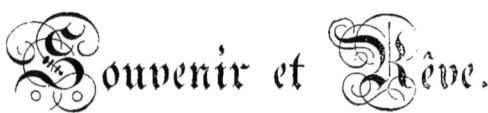

Toi que je vis jadis, d'un front pur, sans nuage,

Me montrer chaque jour, sur ton charmant visage,

Le bonheur des élus qui semblait m'envahir,

Oh ! laisse, laisse-moi toujours me souvenir...

Laisse-moi rappeler cette mystique flamme,

Qui venait à l'envi nous électriser l'âme !

Pur, ineffable amour, de magique douceur,

Dont la trace est brûlante au milieu de mon cœur,

Au souvenir charmant de ton puissant sourire,

Je sens de mes douleurs se calmer le martyre,

Oui je sens se glisser en moi la paix des cieux,

Lorsque j'ose un instant me rappeler tes yeux.

Que ne puis-je trouver encore en ta prunelle,

D'une extatique ardeur la magique étincelle,

M'immerger dans l'encens de sainte charité.

Qui de toi va si pur à la divinité !

Laisse-moi, m'abritant à l'ombre de tes ailes,

M'élancer plus ardent aux plaines éternelles,

Qu'en rêvant à ta voix, triste jouet du sort,

Je m'avance avec joie au séjour de la mort :

Qu'au jour de mon trépas, je puisse l'œil humide,

Jusqu'à ta froide dalle te croire mon égide;

Avant que ton esprit descendît en mon cœur,

Me révéler le prix d'une céleste ardeur,

Rampant, tout apathie dans ce lieu de misère,

J'errais sans le savoir, pauvre enfant de colère,

Ou j'osais soulever un regard irrité,

Plein d'arrogante astuce et d'infidélité,

Vil atome orgueilleux, enchainé sur la terre ;

J'y semblais d'autrefois, défier le tonnerre

Et d'un douteux regard, fier investigateur,

Parfois de l'univers j'interrogeais l'auteur.

Insecte dérobé sous un peu de poussière,

Seul, d'un Dieu je croyais entrevoir la lumière,

Quand mon œil de ciron, levé sur les humains,

Semblait les asservir sous ses regards hautains.

Enfin la douce paix, en mon sein descendue,

Tint mon âme, en ta foi, pieusement émue,

Et mon cœur dégagé de profanes penchants,

Redevenu plus pur, ne fut que plus aimant.

Pour toi furent mes vœux, à toi seul ma pensée,

Lorsque ton souvenir ravive mes idées,

D'un calme bienfaisant, il inonde mes sens...

Oh! je t'aime, crois-le, mais de feux incessants,

Feux qui jusqu'à ce jour, non, jamais ne me luirent,

Feux m'arrivant des cieux, que les anges soupirent,

Feux suaves, divins, m'environnant d'espoir,

Comme fait à la fleur la brise aimée du soir.

Ton image chérie est présente à mes songes.

Qu'ils sont donc enivrants, ces bienheureux mensonges !

Tantôt à mes côtés, comme un ange gardien,

Tu sembles m'enlacer d'un mystique lien ;

D'autrefois, m'élevant sur tes ailes dorées,

Nous planons mollement aux plaines éthérées ;

En m'entraînant ainsi, vers l'éternel séjour,

Ta bouche me murmure encor des mots d'amour ;

Mais mots d'amour nouvelle, à parole ineffable,

Faite aux sons inconnus, langage délectable....

Puis tout à coup, pressé dans tes bras, sur ton cœur,

Je me sens investi d'une sainte chaleur,

Qui, m'embrasant aux jets de flammes immortelles,

Bientôt ainsi qu'à toi, me font poindre des ailes,

Et traversant ensemble un océan de feu,

Nos voix, là, dans l'espace entonnent: Gloire à Dieu !

Toi, des saintes amours l'ange à magique emblème,

Voilà, faible mortel, oui, voilà comment j'aime ;

Cette touchante ardeur que j'aime à te vouer,

A l'autel de Marie, on pourrait l'avouer.

Daigne donc me garder ton appui tutélaire,

Laisse-moi t'invoquer le soir dans ma prière,

Et devenu meilleur, en rêvant à tes yeux,

J'irai, guidé par toi, te joindre dans les cieux !

J'appelle fatal amour celui qui survit à la

tombe!

FATAL AMOUR.

Romance dédiée à ma Louise qui n'est plus.

Fatal amour, tu traverses la vie,

Comme un délire, impossible à calmer !

Du malheureux, longue et triste agonie,

Pourquoi punir le doux besoin d'aimer ?

Fatal amour !

Fatal amour, affreux tyran de l'âme,

Cruel vautour qui déchire le cœur ;

Ah ! quand un jour on a souffert ta flamme,

S'enfuit bien loin calme espoir, et bonheur,

Fatal amour !

Fatal amour, à jamais tu condamne,

L'âme souffrante au sombre désespoir,

Terrible enfer ! toi seul, hélas, nous damne,

Puisque tu brûle, en ôtant tout espoir,

Fatal amour !

Ainsi que toi, pourquoi ne suis-je pas paisible?

LE VALLON [1]

Salut, vallon, salut ! d'un monde trop perfide,

Le bruit et la rumeur, se perdant au lointain,

Jamais jusques à toi, de sa langue homicide,

N'ont porté le venin !

[1] Promenade à Velotte.

Auprès de toi, fuyant une joie insultante,

Et marchant vaguement sur ton sol rocailleux,

Je vois pâlir mes maux et je rêve l'attente

D'un seul instant heureux

Moins accablé, sur ta fraîche bruyère,

Qui riche de sa sève, orne, embellit tes bords,

Je voudrais oublier mon existence amère,

Et du destin les torts !

En voyant s'écouler le flot parfois rapide

De l'onde que mon œil suit d'un regard rêveur,

Il me semble avec lui voir s'écouler le vide,

Que je sens dans mon cœur.

Sur les bords du vallon quelquefois je chemine,

En m'éloignant du monde et du bruit sans regret;

Parfois je viens rêver dans la simple chaumine,

Sous son abri discert.

Que j'aime à m'égarer, dans un beau jour d'automne,

Vers ces buissons, au revers du rocher,

Où de la rive encor le bruit sourd, monotone

Aux pleurs vient m'arracher.

Redescendant vers toi, sur la molle verdure,

Un tertre bien souvent m'invite au doux repos:

Là d'un calme profond, je rêve à la nature,

Echappée du chaos.

8

Parfois de ma douleur le soir je me repose,

Dans ces sentiers, sillonnant le coteau,

J'y songe à Dieu, à celui qui dispose,

D'un aurore nouveau.

Là je salue au loin la tiède chevelure,

Qu'étale à son coucher un magique soleil :

J'admire à son reflet l'austère dentelure

De ton roc sans pareil.

Là m'oubliant enfin, j'aime à voir disparaître,

Sous son disque de feu, s'abîmant dans les eaux,

Le soleil, et bientôt voir doucement renaître

De la nuit les flambeaux.

Avec la nuit, mon cœur sans cesse en harmonie,

Comme elle toujours sombre, est ennemi du jour ;

En elle il trouve encor plus d'une mélodie,

Offrant des sons d'amour.

Ah ! j'ai trop tôt passé du printemps à l'automne,

Et l'hiver vient, glacé, m'appeler à sa cour ;

Car chaque jour enlève, arrache à ma couronne

Une feuille à son tour !

Adieu, vallon chéri, ton ombre, ta parure,

Ton silence demain m'attireront vers toi ;

Oui, vibrant à mon cœur, ton indécis murmure

T'est garant de ma foi.

Demain sera suivi de vingt autres journées,

Qui pour toi s'uniront à de nombreuses sœurs ;

Peut-être en s'effeuillant, de nouvelles années

Cesseront mes douleurs.

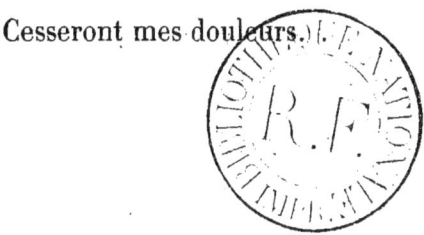

www.ingramcontent.com/pod-product-compliance
Lightning Source LLC
Chambersburg PA
CBHW060826250626
47162CB00005B/1960